별들도 슬픈 날이 있다

박미림

곰곰나루시인선 011

별들도 슬픈 날이 있다

박미림

곰곰나루

시인의 말

나의 성분은 무엇인가?
내 시는 무엇에 감염되어 있는가?
시집 두어 권 낼 즈음엔 알 수 있을 줄 알았습니다.
여전히 오리무중입니다.

금낭화가 조랑조랑 골목 가득 폈다고
딱새가 좁은 우체통에 알을 다섯 개나 낳았다고
날마다 고향의 향기로 내 마음을 닦아주시는
어머니께 이 책을 바칩니다.

별들도 슬픈 날이 있다

차례

시인의 말 5

제1부 꽃샘바람

꽃샘바람 13

다시래기 14

달고기 16

산당화 18

해감 19

성북동 비둘기 20

자두꽃 21

민들레 22

섯알오름 24

파꽃 26

어머니의 수면법 27

낙화 28

홍매화 29

바람에게 30

성북동의 봄 32

제2부 느티나무

분수 35

시(詩)의 정의 36

연어 38

빵술 40

별 42

명곡을 위하여 43

매미 44

꿈 46

뻐꾸기 48

콩 고르기 49

감자 50

느티나무 52

기억 53

태풍 54

아들에게 56

무 농사 57

제3부 담쟁이

어머니의 꽃등 61

배추 62

산나리꽃처럼 64

요양원 풍경 66

곤줄박이 취재록 68

몽유(蒙幼)에게 70

부부 72

멸치 다듬기 74

참치캔 76

아내 78

답장 80

담쟁이 81

가방 82

마중 83

제4부 도라지꽃

봉인 89

열반 90

뚱딴지꽃 92

낮과 밤 94

산사람 96

어머니의 길 98

그루터기 99

참말을 찾아서 100

유언 102

현답(賢答)을 위하여 103

어떤 은총 104

도라지꽃 106

개미 퇴치기 108

큰딸 110

우리들의 정체 112

우는 토끼 114

구조문자 116

설국(雪國) 117

해설 | 인생사의 희로애락, 그 깊은 곳을 향하여 · 이승하 121

제1부

꽃샘바람

꽃샘바람

작은 새 한 마리
아파트 현관 앞에 떨어져 있다.

밤새
누구의 창을 두드리던 그리움인가
몇 호실 초인종을 누르던 가슴앓이인가

꽃 피면 그 사랑
별이 되어 만날까

깃털처럼 흩어진 울음을 모아
산수유나무 아래
심어놓은 봄날.

다시래기*

할아버지가 아끼시던 흰 고무신이
사립문 앞에 나와 있었다
개다리소반 백자 사발엔
흰 쌀밥에 간장 종지
동전 몇 닢 올려져 있었다.

건넛마을 요령잽이 김씨 아저씨는
우리 집 초가지붕에 올라
할아버지 무명저고리 휘적휘적 흔들며
뭐라뭐라
허공에 날렸다.

망자를 부르는 초혼(招魂)이라 했다.

그날 나는 처음 알았다
가난한 사람에게도 업적이 있다는 걸
이름이, 고향이, 영혼이
민들레 홀씨처럼 아롱아롱 퍼져나갔다.

>

옴찔옴찔 내 안에 노랑꽃 피었다
중학교 입학식 날이었다.

* '다시 나기', '待時래기' 등에 어원을 둔 말로 진도지방 상여
놀이의 일종.

달고기

가슴에 보름달을 품고 산다는
달고기를 알고 있다
반점인 듯
꿈인 듯
둥근 무늬 선명한

파도를 품은 가시는 자랄수록 길어져 마침내
꼬리까지 닿는다지.

달동네 반지하
달맞이꽃 한 송이 필 땅 없는
가파른 언덕에서는
누구나 달고기가 된다
젖은 지느러미 빛을 감춘 채
숨 할딱이는

옥상 가득 펄럭이는
기저귀와

칭얼칭얼 아가의 옹알이가 유일한
꽃이거나 별이었을 때
가난 대신 달 하나 품고 살았어라
베드로의 손자국 품고 살았어라.

눈물을 씻고 창틈으로 올려다보아야만
종잇장처럼 새어들던 달빛
늘 풍랑이 치고, 가시가 자라던

그 고개를 넘은 사람은
누구나 달고기다, 달사람이다.

산당화

내게도 만약 사랑이 찾아온다면

가시 울 탱자꽃 같은
스무 살은 말고
하 붉은 서른 살
줄장미도 말고

오목눈이 밤새 꽃가지 흔들다 간
마흔 살 언저리 그 고갯길

내게도 만약 사랑이 찾아온다면

구부러진 울음마저
꽃잎이 되는
길상사 가는 길
그 어디쯤

붉은 노을 산당화
그였으면 좋겠다.

해감

참으로 생뚱맞았어요. 길바닥 가지, 오이, 당근, 딸기 옆의 꼬막이라니요. 하바로프스키에서 만난 아제처럼요. 성근 망태 사이로 비질비질 새어 나온 혓바닥에 피가 맺혔어요. 무언가 꼭 말하고만 싶은 갈증 난 입들만 소복해요. 저녁 무렵 시장통 좌판이란 모두가 지쳐 있죠. 시들시들 억울한 인생들이 검정 봉다리에 실려 희망과 절망 사이 길을 가요.

꼬막을 해감하려고요. 너는 어디서 나서 어느 진흙 뻘을 헤매다 여기 당도했느냐? 함지박에 소금을 한 줌 넣고 바다를 소환했어요. 고향의 갯내음에 그만 울컥 그리움을 토하겠지요. 한쪽 방향으로만 저어야 한대요. 출렁거리던 파도 비틀거리던 날들과는 달라요. 고요한 그곳에 도착하려면요. 골과 골 사이 진득한 뻘들이 좀처럼 떨어지지 않았어요.

19

성북동 비둘기

사람들 돌 깨는 산울림에
쫓겨났던
성북동 비둘기*

아직도
길을 찾지 못했는가
뒷산 어디쯤 헤매고 있다.

꾹꾹 꾸욱
꾸욱 꾸욱

새벽마다 성돌 아래
슬픔 하나씩
눌러 놓고 간다.

* 김광섭의 「성북동 비둘기」

자두꽃

봄날
늙은 자두나무 아래 서서
자두꽃?
하지 마세요.

오야꼬!

누구나
꽃이던 날 있지요.

오얏꽃
내 강물에
무장
무장
지던 날.

민들레

운동장 가에
아이들 여럿 엎드려
두런거립니다
하수구 속에 꽃이 폈다고
별 같다고.

나도 아이들처럼
궁둥이를 하늘로 하고
들여다봅니다
정말입니다.

어둡고 질척한
생의 시궁 이야기를
장식처럼 달고
수억 광년 달려온 이가
거기 웃고 있었습니다.

철망이

절망이었을 때
그의 울음이
아직도 흥건합니다.

그 진창에 서서
검은 꽃이 되지 않은 이는
모두가 별이란 걸
이제야 알겠습니다.

섯알오름*

제주도 돌멩이엔
콧구멍이 있다.

검은 분칠한 황소처럼
4월이면 흰 콧김을 내며
제 땅 일궈 장다리꽃 피우고 싶은
뼈대 마딘 돌들이 있다.

내 할아버지의 팔과
네 할아버지의 다리가 섞여
느영나영
네 할아버지 얼굴과
내 할아버지 심장이 만나
느영나영

먼 포구엔 파도 소리
모슬포 슬포 슬포
오늘도 찬비 출출히 내리고

＞

섯알오름 돌멩이엔
봄이면 어머니 젖내를 맡고 싶은
콧구멍이 산다.

* 제주 4·3사건 학살터

파꽃

미나리꽝 지나
고샅길을 제법 걸어야
파란 대문간이 보였다.

노을이 지고
굴뚝새도 제집을 찾는
저녁이면
마을 어귀
장승처럼 나와 섰던 아버지

- 내가 지켜주마
- 맘껏 다녀라.

별들도 종종거리며
밤 마중을 나오곤 했다.

오늘은 그 사랑
파꽃으로 폈다.

어머니의 수면법

밤이 질긴 개뿔이 질어
맨손으로 온 세상
그만하면 안 됐나

한 몸 닐 방 있지
배곯지 않지
발가벗고 있지 않잖나
그만하면 된 거여

관셈보살이 지절루 나오지
관셈보살 천 번 해봐
그것도 싫으면
아이구, 조상님 고맙습다 천 번 해봐

자네두 욕심 그만 내구
내 말대루 해봐
왜 잠이 안 와, 안 오긴!

낙화

살구꽃 피어서
봄눈 녹아서

곤줄박이 울어서
당신 그리워서

머뭇머뭇 빈 뜰에
꽃 그림자

분분 분

말 못하고
꽃이 지네

홍매화

지난여름 태풍에
쓰러진 매화나무

새봄 산꿩 울음에
걸음 멈춰 뒤돌아서

사랑아, 어쩌란 말이냐

죽은 나무에 꽃 폈다.

바람에게

무심천의
봄날을 기억합니다

벚꽃
꽃눈처럼 피어나던
첫 미팅을 나가던

냉이며 달래 같은 사람들
봄볕을 모아 좌판을 벌이던
육거리 시장을 지나
이제는 전설이 된 인연들

푸르른 날 건너던 무심천 그 다리
지도에도 없는 이름을
애써 꽃다리라 불렀지요
우리는 모두 꽃같은 나이

올봄에도 그 거리엔

벚꽃 환한가요
밑둥이에 켜켜이
바람의 말을 간직한 채
세월이 가도 향기는
두고두고 꽃이 되는 사연

그 거리 봄꽃 같은 연분
내가 만난 그 사랑 향기로웠노라고
그 이름 가슴에
비목처럼 새깁니다

그 거리
다시 걸을 날 오거든
형
잡은 손 오래 놓지 않을래요
노을이 질 때까지
그 강가에서
꽃잎처럼 저물래요.

성북동의 봄

성 너머 고갯길
오래된 우물가에
복사꽃 피었다.

작년 봄에 손 흔들던 그 자리
산그늘 길게 우는 그 자리

사랑은 고요히 웅웅거리는 마음
속 깊이 감추었다
불붙듯 터뜨리는

봄날, 저 붉은 꽃 빛.

제2부

느티나무

분수

올라야 할 자리가
어디까지인지

흰 물줄기 솟구치는
분수는
분수를 안다.

길은 어디에나 있다.

맑은 소리를 내는
거기까지가 내 길이다.

시(詩)의 정의

야, 시인 친구
넌 쇠죽 쒀봤냐?

지푸라기 작두에 숭덩숭덩
썬 것하고
마른 풀 북데기에
구정물 넣어
가마솥에 푹푹 끓이면
구수한 냄새가 난다닝께

암튼 말이여, 시라는 것이
그런 쇠죽 같은 거 아니것냐구

밟히고 맺혀
빌어먹을 말 것은 거
팽 풀어
가슴팍에 끓이면
이상하지?

묘한 맛이 나

시랍시고 사이비로 한 줄
써보고 이런 말 하는 거
시인 친구 앞에 예의가 아니다만
시가 뭐 그런 것 아니겠냐 이거지

가방끈 짧은 나 같은 놈이
뭐 알까마는.

연어

어둠 속 길을 잃고
절룩거리던 저녁
아득한 노을빛
젖은 강물에 듣는다.

연어는
헤쳐온 파도
푸른 등에
지문처럼 찍고 살지
속살까지 선명한
흔들리는 무늬

찔리고 할퀸 상처
거슬러오르던 만삭의 달빛
강물도 부르튼 그리움
어찌하지 못하고
목구멍 너머 자꾸
물결 소리를 뱉던 날

>
연어는
비로소 자기 앞의 생을 알지
길을 잃는 건
거기 길이 있기 때문이지.

빵술

40년 지난, 어느 초등 동창회
너 그거 생각나니, 내 빵 뺏던 일?
학교 앞 문방구 지나 어디쯤

적당히 배도 나온 넉넉한 인품의 그 친구
농반 진반 화제에 답이 너무 진지하다
동생들이 있었어
종일 굶고 날 기다리는

맙소사!
가난에도 급수가 있는 줄
그땐 몰랐다.

울음인지 웃음인지
옥수수 무상 빵 이야기
빵빵거리며 터졌다.

그날 술값은

빵이 계산했다.

빵술이었다.

별

별들도
슬픈 날이 있다.

찌르찌르 운다.

사방은 캄캄하고 별들만 있었다.

뚜루뚜루
어딘가로
슬픔을 전송하기도 한다.

별들도
가을밤은 외로워
창가에 내려와 운다.

명곡을 위하여

토란잎 빗방울 담으니
쟁반 가득 보석이다.

오선지 눈물 떨구니
한 생(生)의 악보가 된다.

음표여
겁내지 마라
빛나는 명곡이 돼라.

매미

오르고 또 올랐을 것이다
매미는
일생의 겉치레
다 벗어두고

가파른 순례길
혼자서 길 떠났을 것이다.

누런 적삼 같던 매미 껍질
간간이 머뭇대던 발자국
한차례 소나기 지나고 나면
그마저 허물처럼
지우리라 지우리라.

느티나무는
절룩이며 걷던
성자의 외투를 말없이 받아들고
거친 숨결일랑 횃대에 걸어두었다.

\>

그가 부르던 쨍쨍했던 세월 따라
이제는 적막한 길목
더듬어 간다.
누구인가 누구란 말인가
천상의 목소리 찾아
온몸으로 현을 뜯고
또 뜯었을 그 사람

쉼표가 된 빈 울음 껍질
발자국을 미처 따라가지 못하고
화석인 양 둥치에 매달려 있다.

꿈

깨어진 것들은
날카롭다
웃음도 깨어지면
뾰족하다.

우리는 이미
너무나 뾰족하고
너무나 날카롭다
너 때문이었다고
틀림없다고
서로가 서로를
겨냥하며 위태롭게 걷는다.

그대여!
깨어질 수 있다는 건
반짝일 수 있다는 것

우리 몇 번이나 더 깨어질 수 있겠는가!

더 이상 어쩔 수 없을 때까지
파도 소리, 갈매기 소리 품어주는
해변의 금모래가 될 때까지.

뻐꾸기

삼우제 지내고 내려오는
뽕밭 사잇길
오디가 한창이다.

빨간약을 발라두신
큰엄니 젖꼭지

젖을 떼고
온종일 칭얼대던
그 저녁처럼
언니는 뻐꾸기처럼 울었다.

늙은 뽕나무에 열린 오디
뒤돌아보고
돌아보고

큰엄니 젖꼭지
거기 두고 올 때
성터 뻐꾸기도 온 산을 울었다.

콩 고르기

어머니가 쟁반 위에
콩을 고른다.

한때 잘나가던
벌레 먹은 놈
쓴 고비 못 견뎌
썩어버린 놈
한눈팔며 조상 탓하던
쭉정이 진 놈
콩알보다 더 콩알같이
용케도 버텨온 가짜 놈
눈 똑바로 뜨고 묵묵히
참아온 참 놈

어머니는 쟁반 한쪽을
기울이신다
두려워라, 갈림길이다.

감자

강원도 내면(內面) 고랭지 밭에는
감자도 참선을 한다.

여름날
들끓던 욕망 잠재우려
잎사귀 훌훌 먼저 떠나보내고
밭고랑에 남아 칩거하는
발 시린 성자들

이제부터다
비로소 멈춘 이제부터가
진실로 숙성의 시간이다.

땅속 깊은 곳
무릎 꿇어 몸 낮춘
묵언의 기도여

초겨울

바람 불 적마다 밭고랑을
울리는 독경소리
착한 산꿩이
목이 쉬도록
따라 외고 있다.

느티나무

품이 넓은 것도 고역일 때가 있다
- 느티낭구는 집안에 심는 게 아니여.

그는 집안에 어울리지 않았다
뿌리가 기둥을 파고들어 은근슬쩍 들어올리기도 하고
섬돌 밑으로 들어가 뜰팡을 통째로 흔들기도 했다.

어머니는 평생 그것을 캐거나 베어내지 못했다.

튼튼한 뿌리 위에서도
둥지는 늘 알 수 없이 위태로웠다.

콩 타작을 해야 하는 마당엔 그늘이 깊었다.

가끔 엉덩이 밑으로 술술 바람이 새어들곤 했다.

기억

오래전 기억에도 없는
쏟아진 압정
다 주운 줄 알았는데
어디로 튀었던지 어느새
발에 박혀 있었구나

버릴 수도 없는 애꿎은 발 하나
까치발을 하고
절룩이며 걸어간다
동백나무 숲길

붉은 울음 뚝뚝 떨구며 가는
지상의 저 깊은 그늘

무엇으로 뽑나
어떻게 뽑나.

태풍

해안의 고기들이 둥둥 떠올랐어
수온 상승 때문이래
방송엔 연일 어민들의 한숨을 이야기했지
영등할망*은 왜
태풍을 붙잡고 놓지 않는 걸까.

내 안의 바다를 들여다봐
하루에도 몇 번씩 바람이 불어도
수온이 오르던

불면의 바다였지.

아홉수는 늘 아득한 벼랑이었고
얄궂은 소금 창고였지
열꽃으로 출렁이던 그 옆에 서서
폭풍우가 되기도 하던 날은
누구의 조문을 다녀온 밤이었을 거야.

이제는 알아
눈물은 뜨겁다는 걸
수억 년 뜨거운 강줄기 모여 모여
바다가 된다는 걸
나무를 심어야겠어
산호초 같은

곧 태풍이 왔으면 좋겠어.

*제주도를 비롯한 남해안에서 창조신으로 여기는 여성신

아들에게

냉장고를 닦으며 생각한다.

넣어둔 장조림과 콩자반과
오이와 가지와 피망
그들의 싱싱한 낯빛과
상관관계를

반짝이기 위한
제 몫의 안간힘은
닿을 수가 없다
우주의 시공만큼이나
아득하다.

나는 오직 냉장고를
닦을 뿐.

무 농사

그놈의 씨갑씨 장사가
알타리무를 김장 무라고 팔았던 게 틀림없지.
요 모냥새 좀 보게
이파리는 멀쩡해 가지구
뭣이 요로코롬 생기다 말은 겨?

청년 허벅지마냥
굵직굵직 실할 참에
쯧쯧쯧
망했네, 망했어.

마흔이 다되도록 장가 못 간
막내아들 보란 듯
무청 머리채 질끈 움켜잡고
흙을 턴다.

이만하믄 됐구만요
알타리무면 어쩌고
김장 무면 어쩐대요.

제3부

담쟁이

어머니의 꽃등

딸아
충충한 옷은
사오지 마라.

사려거든
복사꽃마냥
고운 게 좋다
가뭇없이 사라져도
꽃등 하나 되고 싶다.

주머니 있는 옷도
부질없다
내 평생
입주머니 성화도 벅찼다.

잠자리 날개마냥
가뿐한 게 좋다
가뿐한 게 좋다.

배추

맨 처음 가없는 씨앗 하나
땅 위에 떨어져
곰곰 생각에 잠겼을 것이다.

너는 누구인가
너는 누구인가

한여름 장대비에도
온몸을 뒤흔드는 바람에도
고요히 포개어져 합장하던
아, 저 수많은 손들을 보아라.

첫서리 올 무렵
밭둑에 서서 그만 열반에 든
등 굽은 부처여
섭리!

지상의 짜고 매운 눈물

어둠 속에서 한량없는 공덕으로
탑이 될 때
세인들은 그의 존함을
김치라 명명하였다.

굶주린 자의 아픔을 어루만지는
엄동의 천수관음.

산나리꽃처럼

옥수수를 파는 가게 앞은
지나칠 수가 없다.

달챙이로 감자를 까다
하얀 점순이가 되어버린 언니가
오라버니 삐뚜름한 기타 소리가
폴폴 김이 나는 쟁반을 든 어머니가
단내보다 먼저 손짓을 한다.

그리움은
어디쯤 쌓였다가
문득, 문득
산나리꽃처럼
피어나는 걸까.

평상 옆에 오도카니 앉아 꼬리를 흔들던
바둑이는 갸웃갸웃 얄궂은 표정을 짓고

아이들이
씹다 버린
허연 옥수수 대궁이는
절골 너머 그 언덕에 길이 되었겠다.

젊은 아버지가 똑 똑
감자꽃을 따고 있다.

요양원 풍경

액정이 깨진 후
비로소 확연해졌다.
갑과 을의 경계가

AI 건담을
사랑한 그녀
을이었던 걸 모르는 건 의도적 뇌 손상이다
언제부턴가 거울을 보지 않았다
거울은 빵이 아니므로
유배의 시작은 거기부터였을 것이다.

포장이 비교적 멀쩡한 불량인형
택배 과정의 파손 때문이라 우기기엔
문제가 있다
서로가 서로를 반품하고 싶은
관계자들 빙 둘러서 있다.

고백하건대

처음 출고 땐
피가 흘렀음이 분명하다
팔베개도 했다
간밤에 꿈도 함께 꾸었다
영특한 소비자의 변심이다.

어쩌다가
깜빡 전구에 불이 들어오면
눈가에 붉게 물기가 도는
요즘엔
순전히 반품마저 관심 밖이 된

인부 둘이
구청 딱지 붙은 헌 농짝을 들고
막 지나가고 있다.

곤줄박이 취재록

내 이름은 밤송이여
다 내보내고
혼자라오.

애덜 볶닥일 때가 좋았지
잘 사는 자식 놈들은
저 살기 더 바빠
숫제 기별도 없어
세월이 무서우니
지들이나 잘 살믄 됐지 싶소.

못난 막내만
어디 지대로 뿌리도 못 내리고
바람 따라 앞산 뒷산 댕겨가듯 허지.

젊을 땐 내가 좀 까칠했는가?
자식새끼들
안 굶기고 키우려다 봉께루

그런 거지.

옆집 까투리 영감이
아궁이 불 잘 드나 더러 봐주러 온다우
맴이 울울하지.

몽유(蒙幼)에게

누구나 가끔은
착각할 때가 있지
거울에 비친 그 모습이 나인 줄

한쪽 귀가 들리지 않은 건
사춘기가 막 지날 무렵이었을까
시험이 끝나면
성 아래 포도과수원에 가기로
약속한 날이었어
운명은 늘 그렇게 장난을 걸지.

포도송이 같은 림프샘이
허벅지를 먼저 점령해 와
아지랑이처럼 현기증이 났지
상경할 준비를 하던
기차는 터널 어디쯤 멈춰 섰어
한동안 결석을 했을 거야.

수많은 시간의 발자국이란
허상일 뿐이지
난 똑바로 걸으려고 안간힘을 썼을 거야
수험생이 기타를 배우는 일이라거나
빈혈이 걸린 채로 헌혈차에 오른다거나.

이젠 알아
자주 비틀거릴수록
귀는 총명해진다는 걸
얼굴은 때로 장식품일 뿐이야.

거울도 가끔은 구부러질 때가 있지.

부부

대장암 검사를 한다
터널 문을 열자 훅 바람이 불고
구불구불 내 생의 길이 보인다
가끔 길 잃은 외씨 하나
그 어느 날의 초라한 모습처럼 허둥지둥
동동거린다.

어쩌지도 못하는 질주
종종 화산 되어 폭발한 흔적 거기 있다
어쩌자고 넌 그 부끄러운 날들을
다 기억하고 있었더냐
저 길 끝에는 혀가 있다
한시도 가만히 있질 못하고 보채는.

핏발 선 이생의 질곡을 잡고
고무줄 놀이하는 아이처럼
어느 한쪽 더 힘껏 당길 수도
그냥 놓아버릴 수도 없는

끝과 끝
아직 끝나지 않은 길 벼랑 위에
붉은 산나리꽃
핀다 해도
함부로 꺾으려 말길.

문밖에서 나를 기다리는 혀
아니, 기다리지 않아도 어쩔 수 없는
아직 갈 길이 멀다.

길을 조심해야겠다.

멸치 다듬기

늙은 부부가
식탁에 마주 앉아
멸치 똥을 고른다.

쟁반에 수북이 담긴 멸치들

물살 튀기며
햇살을 탐하던
그 거친 바다에 당도한 걸까
기죽지 않는 가시가 죽창을 들고 달려든다.

적을 알지 못한 우둔함

평생 노동의 표징
상대의 굳은살을 살피지 못하다니
백전백패라
전리품으로 전멸한 멸치 대가리 모두 바치고
뼈 하나 못 추리자

홧김에 똥 한번 푸지게 싸놓았다.

고난을 이긴 자들끼리의 한판 대결
나무의 등걸처럼 딱딱한 방패를
죽창은 뚫지 못했다.

생의 파고를 견딘 이들에게는
무기 창고가 있다.

잘 벼린 무기들 즐비하다
신에게로 가는 길에
문을 여는
그 비밀의 쇳대도 거기에 있다.

참치캔

소유가 꼭 좋은 것만은 아니지
가령 삼 년째 앓고 있는
요통이라든가
몇 개의 마이너스 통장이라면
절로 한숨이 나올 거야,

깡통은 어떻겠니?
채이고 으깨진 채
좁은 골목 반지하로 밀려난
길고양이의 찌그러진 밥그릇처럼

아무려면 어때
큰 바다의 꿈 잊지 않아
꽉꽉 안으로 채웠지,

허기진 길고양이 다가와 묻네
Can I help you?
일으켜 세워야 인생인 거지

I can do it!

묵은지 김치찌개는 맛있어.

아내

편의점 앞
버려진 담뱃갑
빗물에 밟혀
찌그러져 있다.

엊저녁 누구네 집 가장의
비틀거리던 자존이
욕지거리로 불을 지피다가
버려진 하루였을 것이다.

맑은 날은 올까
예보를 당최 믿을 수는 없지만
꽃피는 어느 날엔
그도 나무처럼 일어설 수 있을까.

비둘기 한 마리
젖은 발 멈춰 바라보고 있다
참 선한 눈매다.

>

바라보는 눈길마다

매화꽃이 핀다.

답장

부모 앞에 중병이
죄송하다는
가난한 큰딸의 편지
모퉁이 다 닳도록
읽고 또 읽다가

때 묻은 빈 지갑에
깻잎쪽같이 남겨두고
어디 가셨을까
대문간 빈 의자

겨울 문턱 넘다 말고
서둘러 떠나신 뒷모습

짧은 이유

긴 답장

담쟁이

얼마나 꼭 잡고 올랐는지
얼마나 안간힘 써 살았는지
힘줄 선 손가락 보면 안다.

부끄러워 이파리 덮고
원망하며
바람 막아도
어쩔 수가 없다.

온 벽을 감싼 채
더러는 제 흥에 불타고
더러는 제풀에 더 흔들리던

거기가 길이었다.

가방

가방이 비좁다
더 줄일 수도 없는 잡동사니

날마다 챙겨 넣는 안경
넌 세상을 똑바로 보고나 있는가
기억해 주길 기다리는 명함
여전히 그는 무명이다
거울은 아무리 들여다보아도
주름은 시름처럼 늘 뿐

언제였던가
눈물에 대한 기억마저 마른 손수건
꾸역꾸역 모퉁이에 끼워 넣는 아침

가방이 비좁다
또 다른 너를 들여놓을 수가 없다.

마중

어린 날
장에 가신 어머니를 기다리다
길을 잃은 적 있다.

동구 밖
손 흔들며 떠난 그 길로
걷다 보면
만나리라 믿었었다.

바람은
아무렇지 않게
덜 여문 뺨을 때리고
머리를 헝클고
무심한 버스는
먼지를 날리며 무량무량 떠나갔지.

아이는 신작로 미루나무를 붙잡고
고치가 되었던가

\>
아슬아슬 꿈은 늘 위태로웠다
발을 헛디뎌 화들짝 놀랄 때마다
크느라 그렇단다
헤매는 길목 사금파리처럼
빛나던 말씀

길은 그믐처럼 깜깜하고
강물 소리 먼 산그늘
이제는 마중 나온 일조차
까맣게 잊었다.

마중이라는 말은 슬픔의 뿌리
떠난 사람들은 모두
어디로 갔을까

눈물의 허물을 몇 번이나 벗어야
그리움 나비처럼 해후할까

귀 먼 겨울 아이 하나
자꾸 되돌아본다.

제4부

도라지꽃

봉인

봉투가 되기로 했어.

비밀은 비밀로 품을 때 비로소 소중해지기 때문이야. 친구들은 나의 학벌을 의심하지 않아. 굳이 정정할 필요는 없겠지. 등록금을 못 내 복도에서 손들고 선 일이 있어. 그 길로 등교를 포기했거든. 오른손은 울며 회초리를 든 엄마가 왼손으론 손뼉을 쳤을지도 몰라. 교복 입은 친구들이 우르르 몰려왔던가. 이팝꽃 같은.

혹한의 겨울 성마른 이야기들이 어찌나 와글와글하는지. 동생의 등록금을 마련하기 위해 다리가 통통 붓도록 혼자서 재봉틀을 밟던 밤이었지. 마네킹이 넘어져 널브러졌지. 마네킹도 자살한다는 걸 넌 아니. 지금도 옷가게 쇼윈도 앞에서 다리가 떨려. 하얀 배꽃은 캄캄한 봄밤에 빛나. 이팝꽃은 배고픈 이들이 좋아한다지? 꽃을 그려 넣을래. 세월의 으름장이며 눈물의 유혹만으론 봉인할 수 없어.

꽃무늬 봉투가 되기로 했어.

열반

추억, 고독, 향수
- 시(詩)에서 이들은 사어(死語)지요
사망을 판정하는
노교수의 표정엔 물기가 없다.

사인(死因)도
생몰일도
장지도
설명하지 않는
이토록 불친절한 부고라니

사리가 있을 법도 한데
부도도 사리탑도 알려주지 않았다
나는 그 고행의 흔적을 거슬러간다.

살아서 밥을 빌어주던
내 심상의 전부였던
말들의 어머니

철없는 시인은 그가 벗어둔
허물들만 자꾸 만지작거리다가

최초로 부음을 들은
석가의 제자처럼
무릎을 꿇고
시의 제단에 조등을 건다.

뚱딴지꽃

농기계도 못 쓰고
일손도 없고
할아버지 가시고 산밭은
묵정밭이 되었다
헛헛한 할머니 산밭에 올라보니
심지도 않은 뚱딴지꽃 잔뜩 피었다고

할아버지가 보냈는갑다
살아서 못 준 꽃다발
꽃 좋아하던 할망 실컷 보고
더 놀다 오라고
산밭 가득 피웠는갑다

꽃구경 올 멧돼지
뚱딴지 캐 먹느라 흙 포실포실해지면
내년 봄엔
배추씨 열무씨 뿌려만 줘도 쓰겠다고
젊어 술에 빠져 속 썩일 땐 밉더니만

묵정밭에
똥딴지꽃 흠뻑 지게 피워놓으셨다고
할머니
고맙다고
고맙다고

낮과 밤

밤에는 모두가 고요히 자는 줄 알았어
천둥소리에 자다 깬 창가
나무들 이파리 몹시 흔들리고 있었어.

너를 보내고 돌아누운 밤
이국의 낯선 무덤 위로
내려앉던 모스크의 아잔 소리 같은
찬물에 발을 씻고
나도 흔들리는 이파리가 되어보기로 했지.

그게 기도일 거라 위안하면서
이 밤 어두운 아래쪽 마을에도
잠 못 들어 떨고 있는 이가 있어.

최저 시급 팔천 원
거미처럼 손가락이 길던 알바생
피아노를 치면 좋았겠다고
넌 왜 고래를 키우지 않느냐고

중얼거리지 말 것.

낮은 있지만
누구에게나 있는 건 아냐
밤은 있지만
누구에게나 있는 건 아냐.

산사람

동유럽 알프스산맥, 어느 산자락 호텔에는
뼈째 박제가 된 산양이 있다
고국의 언어가 반가워 귀를 쫑긋 세우고
가끔
눈망울이 젖기도 했다.

풀을 뜯던 그 젊은 날의 신바람을
기억해낸 것일까
움찔 발을 디딜라치면
아 아스라한 설산이다.

푸른 언덕 비탈진 곳에서 노란 민들레를 뜯던
소들을 본 적 있다
연보랏빛 바이올렛
짤랑 소리가 들릴 것 같은
방울꽃

한계에 흔들리던

깊은 설산 어디쯤
작은 꽃씨들도
누구던가
누구던가
그들은 다
누구였을 것이다.

어머니의 길

여뀌 풀 한 포기 발 뻗지 못한
성마른 철재 하수구 속에
꺼병이들 발을 헛디딘 게지
길을 잘못 들은 게지.

발을 동동 구르고 날개를 퍼덕이고
밭머리에 피던 동부꽃 붉은 심장 터지고
한낮 산 꿩이 꿩꿩 온종일 섧게 울고

막막한 길 위에 입술을 깨물던
연옥의 불화로여

속울음 홀로
구부리고 안고 얼러봐도
아리랑 아리랑 아라리요
오봉산 들깨밭에 시름 깊던 그 곡조.

그루터기

베어낸 지 서너 해 된
마당 가 은행나무 그루터기

뿌리도 잎도 없던 그가
살아있었다
강아지 목줄이나 매던 그가
푸른 잎 내밀어
악수를 청한다.

내 흉 헤아릴 수 없겠다
미워한 이름 헤아릴 수 없었다
참고 기다렸을
흔들리던 마음들
그 무게에 힘이 부쳤겠다.

기대려다 말고
고개를 숙였다.

참말을 찾아서

세상에나 이것 좀 봐
내가 번쩍 들어 보여준 건
갈라진 플라스틱 통이었지
좀체 깨질 것 같지 않은, 단단한

콩을 불리려고
물과 함께 담아 둔 밤 동안
플라스틱 통에 금이 가버렸어
젖은 말, 퉁퉁 부은 말들의 아우성이
웅웅거리던 밤이었나 봐
사각의 뚜껑에 갇혀 맨발로 저항한
저 작은 것들의 입을 생각해.

막걸리 뚜껑을 열다가
옷을 다 적신 적 있지
과장님은 익숙한 손목으로
툭 한 번 숟가락으로 치던걸
깔끔했어.

\>
순순히 따라올
말의 경계.

숙성한 말조차
폭발할 때가 있지.

유언

오래 키운 알로에
점점점 구석으로 기울더니

어느 저녁 들린다
뿌리의 유언

이젠 네가
중심이 돼라.

새순 하나
푸른 탯줄을 달고

움쑥
지상의 배꼽을 연다.

우주가 출렁한다.

현답(賢答)을 위하여

큰 바위라고
상처가 없었겠는가
패이고 할퀸
저 거친 무늿결을 보아라.

천둥의 채찍에
몸 낮춘
천년의 화두

바람처럼
우문인 줄 알면서도
묻고 또 묻는다.

어떤 언약 있었기에
비탈진 골짜기에
아슬아슬
홀로 섰는가.

어떤 은총

충청도 대춧골 만석지기 그 양반
도통(道通)해서 하늘로 올라간다고
땅 판 돈 몇 수레 가마니에 그득 싣고
젖먹이 태워 갔다지, 고향 땅 등졌다지.

부산시 모모동 그 돈 다 바치고
빈대 같은 판잣집에 목숨 겨우 살았다지.

그 어린 조카 커서
미군 부대 막사 구두장이 되었다지
한 트럭 군화 주워다 부려놓고
찌든 먼지 다 쓰고
한을 꿰매며 살았다지
찌그러진 가죽 구두
밤낮으로 씨름하다
진폐증 걸려 죽었다지.

천하에 태생이 귀하면 뭐하냐고

도통(道通)이고 영통(靈通)이고 법통(法通)이고
난 모른다만
사흘 낮 사흘 밤 울던 고모
저 지경 고생시킨 제 부모덕에
갑자 만에 결국 올라가긴 가는구나.

극락왕생 못하면
내사 가만 안 둔다, 안 둔다
통곡하던 고모

도라지꽃

보리밭에도 별이 뜬다는 걸
알았다고
인연은 바람 같아
다신 별이 뜨지 않았다던
행주치마가 어울리던 그 여자

앵두꽃 필 때 떠난 남편
국화꽃 져도 아니 오고
아침마다 시아버지 빈소 앞에
소복 같은 울음 부려놓던
곡소리가 구성지던 그 여자

아궁이 구들이 막혔다고
화기는 애먼 곳으로 다 새나가고
연기만 풀풀 난다고
언 짚단 쑤시며
기침으로 잿밥을 짓던 그 여자

내사
죄가 많아 그렇지
죄가 많아 그런 거지
오늘은 선산 언저리
도라지꽃으로 피었을
부지깽이보다 서럽던 그 여자

개미 퇴치기

태초에 그와 나의 관계를
뭐라고 말하랴

내 방안까지 무단 침입하여
동거를 요청할 양이면 나는 이를 갈았다.

그랬다
엊저녁 붕사에 설탕을 섞어 녀석들을 꼬드겨낸 건
순전히 묵은 감정 때문이다
나를 특히 괴롭힌 건 없다.
내 주위를 성가시게 얼찐거리지만 않는다면
그는 그리 밉상스러운 외모도 아니다.

성가신 녀석들 모조리 죽여버리겠다
애난 여자치고 이보다 더한 입말은 없다.

욕심이 많은 건지
일중독인지 도무지 가늠할 수 없는

피부 검은 그의 일가친척들
신이 나서 달려와 배부르게 먹고 봉송까지
욕심껏 싸던
이승의 눈먼 것들아

비 그친 산에 쑥쑥 돋던
버섯 자루
싱글벙글 따 메고 와
맛나게 최후의 만찬을 벌이던
그날처럼
헛구역질했으리라
오늘 아침 놈들 한 마리도 보이지 않는다
두엄 밭에 토해냈을 그들의 토사물이 버섯처럼 불
쑥불쑥 살아난다
내가 어젯밤 한 일에 대해 고하노라
양심을 놓고 이승의 일이었다
명복을 빈다.

큰딸

노인이 고불고불
커피 물을 끓이신다
세상에서 가장 늙은 바리스타

– 울 아부지 커피가 최고야

그 한마디에 매번 감전된 하회탈
남은 생을 저당하고
낡은 흙벽에 기대어 커피를 기다리는
모태 손님 그녀는
웃는 듯
먹먹하다.

라떼, 모카, 카푸치노
함부로 거론 마라
여기는 국 대접에 곱빼기 믹스커피 전문
달콤한 생이 궁금한 자들은 언제든 오시라.

큰딸 울음은 저승까지 간다는데
부녀의 이별 연습은 아름다워
토담의 호박이 킁킁거리며 쪽문을 들여다본다.

내일 아침 호박잎 통신엔 대서특필할 게다
학림리 84번지
심청이 다녀가다.

우리들의 정체

정체가 심하다
사랑을 주유하러 떠나는 사람들에게
고속도로는 쉽게 길을 내어주지 않는다.

농협에 가서 세뱃돈을 찾아와야 할 텐데
대문간 옆 손주를 기다리던
아버지의 낡은 자전거는
녹이 슬고 있을 것이다.

혼자서 한사코 만두를 빚으며
관세음보살을 되뇌고 계실 어머니는
지금쯤 허리를 펴고 계실 것이다.

고향 마당에 똥개는
주인집 아들도 잊어버린 지 오래
먼 신작로만 바라보다 할 일 없이
컹컹거리고 있을 것이다.

답답한 것은 도로뿐이 아니다
옆에 앉은 아내가 달포 전부터
툴툴거리는 이유를 모르는 것이다.

우는 토끼

오뉴월에도 잔설 남아
찬바람 분다는 백두산 고지
거기엔
우는 토끼가 산다
포유류, 토끼목, 우는토끼과

여행길, 그의 울음 처음 만난 날
나는 돌무더기 위에 쪼그려 앉아
마른 이끼처럼 함께 울었다.

구름 걷힌 천지엔
파리한 얼굴의 자작나무
제 그림자 상념이 깊고
어느 시인의 이루지 못한 꿈
흔들리며 시를 쓰는 붓꽃이 피고 있었다.

저 너머엔 압록강, 흘러 한강에 닿고
저녁이면 보글보글

된장국 끓이는 사람들
송편처럼 모여 앉아 떡국을 먹는
놓친 손이 서러운 그리운 이들

민족의 영산 백두산에
우는토끼
오늘 밤도 별을 세다
울고 있겠다.

구조문자

시멘트 길 위에
조난당한 지렁이들
온몸으로 쓴
구조문자
S O S, 1 1 9
oh my god……

빨간 등대섬
다급한 저 아우성

설국(雪國)

건반처럼 앉아 있어
음을 잡지 못하고 가끔 선율 밖으로 튕겨 나오는
체육관의 고장 난 피아노처럼
조율이 안 됐거나
음계 같은 건 관심이 없는 청년
그를 알바생 25시라고 나는 불러
내겐 근거도 없이 낙인을 찍어버리는 나쁜 습관이
있거든.

이어폰을 꽂고 혼자만의 이야기 속으로 빠졌나
아니야, 빠질 수 있는 건 고작해야 좀비들이야
낄낄거리는 그들까지 멀어진다면
세상은 암흑일 거야
서로가 서로의 마음으로 파고들지 않는 음이란
영원한 불협화음
옆 사람의 폰
슬그머니 훔쳐보려 에너지를 낭비하지 않아
짬이 있다면 차라리 졸고 있는 편이 낫지

푸우, 지하철 한숨소리가 들릴 때까지
알바생에겐 시력인지 눈치인지
그 비슷한 것들이 발달한 것이 확실해
동대문역이었을 거야
한쪽 귀에 이어폰이 탈영한 것도 모른 채
튀어나갔어, 스프링처럼 순식간에
그가 앉았던 자리가
따뜻하리라 착각하지 마.

삼촌이 심장마비로 죽었대, 쥐뿔!
어제까지도 멀쩡했는걸
거짓말이겠지
인생은 파도 곡선이라고
땅바닥을 친 지점부터가 진짜라고
핏대를 올리던 사람이 누구였더라
말은 늘 행동보다는 쉬운 법.

살아있는 것들은 결국 어디로 가는 걸까

누구에게나 아랫목이란 건 있는 걸까.

삼촌은 퇴근 알람을 잘못 맞춰 놓았어
25시, 알바생은 오늘도 늦었을 거야
그 옛날 산수유나무 밑둥이에 묻어준
우리 집 햄스터가 문득 보고 싶은 계절이야
눈꽃열차를 타고 싶어
꽁꽁 언 설국의 긴 터널을 사흘 밤낮 달리면
역마다 복사꽃 피었을까.

마차부 별자리 카펠라가 흐릿해
눈이 오려나 봐.

인생사의 희로애락, 그 깊은 곳을 향하여

인생사의 희로애락, 그 깊은 곳을 향하여

이승하
(시인·중앙대 교수)

서정抒情이 없는 서정시를 읽는 경우가 많다. 지금 이 시대에는 서사시나 극시를 쓰는 시인이 없으므로 서정시가 대세임이 분명하다. 그런데 왜 서정이 없는 것일까. '서정'이라 함은 자신의 정서나 감정을 나타내는 것인데 수많은 현대시가 인간의 정서와 감정을 무시하고 있기 때문이다. 아니, 완전히 도외시하고 있기 때문이다. '情'이라는 한자어는 심방변(忄)을 갖고 있다. 마음의 상태, 마음의 작용, 마음의 변화……. 이런 것을 언어로 표현하는 것이 서정시의 정의라고 할 수 있다. 서양에서는 서정시를 lyric poetry라고 하여 리라lyra라는 악기를 어원으로 삼고 있다. 즉, 시는 리듬이 있는 글이란 뜻이다. 이와 같이 동양에서는 시의 내용을 중시했고 서양에서는 시의 형식을 중시했음을 서정시를 표기한 문자를 보면 바로 알 수 있다.

케케묵은 수천 년 전 이야기를 해본다. 유교에서는 '사단'과 '칠정'을 중시하였다. '四端'이란 사람의 본성에서 우러나는 네 가지 마음씨, 즉 仁·義·禮·智로서 인은 측은지심惻隱之心, 의는 수오지심羞惡之心, 예는 사양지심辭讓之心, 지는 시비지심是非之心을 가리킨다. 즉, 남을 딱하게 생각하는 동정심, 수치심을 감지하는 능력, 사양할 줄 아는 겸손함, 정의와 불의를 가릴 줄 아는 마음을 대단히 중요하게 여겼다. '七情'은 유교와 불교가 뜻이 조금 다른데, 유교에서는 기쁨喜, 성냄怒, 슬퍼함哀, 즐거워함樂, 사랑함愛, 미워함惡, 욕망慾이 인간의 기본적인 일곱 가지 정서라고 보았고 불교에서는 기쁨喜, 성냄怒, 근심함憂, 두려워함懼, 사랑함愛, 미워함憎, 욕망慾이 인간의 기본적인 일곱 가지 정서라고 보았다. 박미림 시인의 시집 해설을 쓰는 자리에서 웬 뜬금없는 사단칠정 타령을 하나 어리둥절하겠지만, 유독 이 시집에서 이런 정서를 진하게 느꼈기 때문에 글머리에서 췌언인 줄 알지만 몇 마디 해보았다. 제일 앞머리의 시부터 보자.

올라야 할 자리가

어디까지인지

흰 물줄기 솟구치는
분수는
분수를 안다.

길은 어디에나 있다.

맑은 소리를 내는
거기까지가 내 길이다.

―「분수」 전문

분수噴水는 일정한 곳까지 올라갔다가 떨어진다. 제 분수分數를 아는 것이다. 올라가야 할 자리가 어디까지인지 모르면 '뱁새가 황새를 따라가면 다리가 찢어진다'는 속담처럼 되는 것이다. "길은 어디에나 있"지만 "맑은 소리를 내는/ 거기까지가 내 길"이라고 결론을 맺은 이 시는 시인의 자경록이다. 독자가 아무리 되풀이해 읽어도 끝내 그 뜻을 파악해내지 못하는 현대시의 대종인 난해시를 쓰지 않겠다는 시인의 결심도 읽히고, 소박하게 인정미담과 시정잡사를 이야기하겠다는 시론도 느껴지는 시라고 할까. 짧고 쉽지만 그 뜻은 사실

웅숭깊다. 하늘로 치솟는 물줄기인 분수에 빗대어 스스로 분수를 알자고 다짐하는 시를 시집의 제일 앞머리에 놓아둔 것이 인상 깊다. 이어지는 시가 바로 시에 대한 정의이다.

야, 시인 친구
넌 쇠죽 쒀봤냐?

지푸라기 작두에 숭덩숭덩
썬 것하고
마른 풀 북데기에
구정물 넣어
가마솥에 푹푹 끓이면
구수한 냄새가 난다닝께

암튼 말이여, 시라는 것이
그런 쇠죽 같은 거 아니것냐구

밟히고 맷혀
빌어먹을 말 같은 거
팽 풀어
가슴팍에 끓이면

이상하지?

묘한 맛이 나

— 「시(詩)의 정의」 부분

시를 짓는 과정이 쇠죽 쑤는 것하고 다를 바 없음을 이야기하고 있다. 작두로 숭덩숭덩 썬 지푸라기하고 무른 풀 북데기에 '구정물'을 넣어 가마솥에 푹푹 끓이면 구수한 냄새가 나는 쇠죽이 되는데 시도 바로 그렇게 써야 한다고 보았다. "밟히고 맺혀/ 빌어먹을 말 같은 것"은 도대체 무슨 뜻인가? 밟히고 맺혀 빌어먹게 된 것과 그렇게 되지 않은 것을 다 "팽 풀어/ 가슴팍에 끓이면" 묘한 맛이 나는데, 그것이 시라고 한다. 사람과 삶과 유리되지 않는 시를 쓰겠다는 각오를 시인은 이렇게 확실히 하고 있다. 연어의 모천회귀를 노래한 시가 많은데 어떤 방식으로 이 흔한 소재를 다루고 있는지 살펴보자.

찔리고 할퀸 상처

거슬러 오르던 만삭의 달빛

강물도 부르튼 그리움

어찌하지 못하고

목구멍 너머 자꾸

물결 소리를 뱉던 날

>
연어는
비로소 자기 앞의 생을 알지
길을 잃는 건
거기 길이 있기 때문이지.
— 「연어」 후반부

박미림 시인이 노래한 연어는 상처투성이다. 만삭이다. "강물도 부르튼 그리움"을 어찌하지 못하고서 "목구멍 너머 자꾸/ 물결 소리"를 뱉는다. 태생지인 강으로 못 돌아가는 연어도 있다고 보았다. 그 연어는 "비로소 자기 앞의 생"을 안다고 한다. 그리하여 마침내 "길은 잃는 건/ 거기 길이 있기 때문"이라는 역설이 성립한다. 화자는 "어둠 속 길을 잃고/ 절룩거리던 저녁"에 길 잃은 연어도 있을 거라고 생각하며 용기를 얻는다. 정말로 길 잃는 연어도 있는 것일까? '암튼 연어가 길을 잃는 것도 거기 길이 있기 때문일 거야. 힘내자. 이 정도는 아무것도 아냐.' 화자는 다짐하며 주먹을 쥔다.

이런 시의 주제를 '비애의 시학' 내지는 '생의 철학'이라고 할 수 있지 않을까. 슬픔이 있어야 기쁨이 찬란하고, 아픔이 있어야 그리움이 따뜻해진다. 자연의 눈물인 토란잎의 빗방울을 보고 오선지 위에 떨군 작곡가의 눈물을 유추한 아래의 시도 생의 비애를 아는 시인이기에 쓸 수 있는 작품이다.

　　토란잎 빗방울 담으니
　　쟁반 가득 보석이다.

　　오선지 눈물 떨구니
　　한 생(生)의 악보가 된다.

　　음표여
　　겁내지 마라
　　빛나는 명곡이 되라.
　　　　　　　　　　　　　　　　　─「명곡을 위하여」 전문

　명곡이 그냥 만들어지는 것이 아니다. 작곡의 대상이 시든 사물이든 환상이든 마음을 사로잡은 그 무엇이기에 "쟁반 가득 보석"이 될 수 있다. 거기에 매료된 작곡가가 오선지에 눈물을 떨군 그 '감정'이 청자를 울릴 것이다. 예술가는 자신을 사로잡은 그 감정에 충실할 일이다. "천상의 목소리 찾아/ 온몸으로 현을 뜯고/ 또 뜯었을 그 사람"(「매미」)이기에 노래로 사람의 심금을 울릴 수 있는 것이다.
　꽃을 갖고 쓴 시편은 더욱더 서정적이다. 정이 많아

지면 센티멘털리즘에 사로잡히기도 하는데 시를 쓸 때
는 반드시 흠이 되지만은 않는다.

어둡고 질척한
생의 시궁 이야기를
장식처럼 달고
수억 광년 달려온 이가
거기 웃고 있었습니다.

철망이
절망이었을 때
그의 울음이
아직도 흥건합니다.
　　　　　　　　　　　　　　　　　─「민들레」 부분

　대체로 민들레를 등장시킨 시는 민들레가 '끈질긴 생
명력'의 표상이라는 공식이 있는데 박미림 시인은 선배
들의 뒤를 따르지 않는다. 어디로나 날아가 뿌리를 내
리고 꽃을 피워내는 생명력에 대해 말하지 않고, 민들
레를 때로는 웃고 때로는 우는 꽃으로 보았다. 민들레
는 진창에서도 피고 철조망 앞에서도 피어나기에 그
"모두가 별이다"라고 한다.

꽃구경 올 멧돼지

뚱딴지 캐 먹느라 흙 포실포실해지면

내년 봄엔

배추씨 열무씨 뿌려만 줘도 쓰겠다고

젊어 술에 빠져 속 썩일 땐 밉더니만

묵정밭에

뚱딴지꽃 흠뻑 지게 피워놓으셨다고

할머니

고맙다고

고맙다고

—「뚱딴지꽃」 부분

멧돼지가 출몰하면 농사를 완전히 망쳐버리지만 시
의 화자는 그런 관점에서 멧돼지를 다루지 않는다. 할
아버지가 돌아가신 이후 묵정밭에 손을 대지 않아 뚱딴
지꽃(돼지감자)이 잔뜩 피어 할머니는 멧돼지와 할아버
지에게 고맙다고 인사하는 것으로 시가 끝난다. 도라지
꽃에 빗댄 여자는 "행주치마가 어울리고", 시아버지 빈
소 앞에서 "곡소리가 구성지던", "기침으로 잿밥을 짓
던", "부지깽이보다 서럽던" 그런 여자였다. 「도라지꽃」
같은 시에는 인간의 희로애락이 다 들어 있다.

　뭇 시인은 그동안 별을 보고 시를 쓸 때 밤하늘에 무

수히 반짝이는 존재, 몇 만 광년이나 되는 먼 거리에 있는 존재, 몇 천만 년 동안 빛나는 존재로 여겨 시화詩化하였다. 그런데 시인은 별을 의인화해 감정을 불어넣는데, 뜻밖에도 별이 슬퍼하면서 운다.

별들도
슬픈 날이 있다.

찌르찌르 운다.

사방은 캄캄하고 별들만 있었다.

뚜루뚜루
어딘가로
슬픔을 전송하기도 한다.

별들도
가을밤은 외로워
창가에 내려와 운다.

— 「별」전문

별을 이런 식으로 노래한 시인이 있었던가? 없었던

것 같다. 슬픔에 종종 사로잡히는 존재, 외로움을 타는
존재, 우는 존재로 별을 인식하고 있다. 별을 측은지심
의 대상으로 여기고 있는 것이다. 「뻐꾸기」라는 시에
나오는 '언니'의 절망을 지켜보는 마음도 측은지심이라
고 할 수 있지 않을까. 측은지심이 아니라면 '비애'다.
마냥 안타까운 것이다. 모성의 배신(?)이.

　　삼우제 지내고 내려오는
　　뽕밭 사잇길
　　오디가 한창이다.

　　빨간약을 발라두신
　　큰엄니 젖꼭지

　　젖을 떼고
　　온종일 칭얼대던
　　그 저녁처럼
　　언니는 뻐꾸기처럼 울었다.

　　늙은 뽕나무에 열린 오디
　　뒤돌아보고
　　돌아보고

>
큰엄니 젖꼭지
거기 두고 올 때
성터 뻐꾸기도 온 산을 울었다.

　　　　　　　　　　　　　　　ㅡ「뻐꾸기」 전문

이 시의 발화자는 큰어머니와 사촌언니를 대상으로
하여 이야기를 전개한다. 큰어머니 삼우제를 지내고 돌
아오는 길에 화자가 본 오디는 고인의 젖꼭지를 닮았
다. 사촌 언니는 젖을 떼는 아이처럼 울고, 화자는 오디
가 달린 늙은 뽕나무를 두고 오면서 큰어머니를 거기
에 두고 온 것처럼 마음이 아프다. 아기는 커 가다가 어
느 시점이 되면 젖을 찾지 않고 이유식의 단계로 가야
한다. 암죽이든 쌀죽이든 먹여야 하는데 그것이 쉽지
가 않다. 그래서 큰어머니는 아기가 젖을 찾지 않게 하
려고 젖꼭지에 빨간약을 발라두었을 것이다. 여름 어느
날 큰어머니는 세상을 뜨셨으나, 당신이 묻힌 산야에
는 오디가 한창이다. 혈육은 가고 없으나, 당신의 젖꼭
지처럼 검붉은 오디가 화자의 마음을 놓아주지 않는다.
온 산을 울릴 만큼 퍼져 나가는 뻐꾸기 소리가 시 읽는
이의 가슴까지 울리는 듯하다. 이런 식으로 진행하는
대상의 감정에 대한 연구가 바로 박미림 시인의 시창작
방법론이다.

아주 재미있는 시가 한 편 있으니, 초등학교를 졸업하고 40년이 지난 즈음에 열린 동창회 자리에서의 해프닝을 다룬 시다.

40년 지난, 어느 초등 동창회
너 그거 생각나니, 내 빵 뺏던 일?
학교 앞 문방구 지나 어디쯤

적당히 배도 나온 넉넉한 인품의 그 친구
농반진반 화제에 답이 너무 진지하다
동생들이 있었어
종일 굶고 날 기다리는

맙소사!
가난에도 급수가 있는 줄
그땐 몰랐다.

울음인지 웃음인지
옥수수 무상 빵 이야기
빵빵거리며 터졌다.

그날 술값은

빵이 계산했다.

빵술이었다.

―「빵술」 전문

초등학교 동창회 자리에서 만난 초로의 사내가 여자 동창생에게 옛날 일을 상기시켜 준다. 옥수수로 만든 빵을 가난한 아이들에게 무상으로 나눠주었는데 어린 화자의 빵을 빼앗아간 악동이 있었다. 빵을 빼앗긴 소녀는 아마도 오래 울었을 것이다. 그런데 이제 와서야 "적당히 배도 나온 넉넉한 인품의 그 친구"가 동생들이 있었고 걔들이 종일 굶고 날 기다리고 있었고 말한다. 가난의 급수 중 소년은 가장 낮은 급수였다. 옥수수 무상 빵 이야기가 빵빵거리며 터지자 그날 술값을 '빵'이 계산했다고 한다. 그래서 이 시의 제목이 '빵술'이 된다. 이런 시야말로 측은지심의 발로가 아니랴. 화자는 중학교 입학식 날 돌아가신 할아버지를 추억하는데, "가난한 사람에게도 업적이 있다는 걸" 안 날이라고 한다(「다시래기」). 제주도 4·3사건의 학살 터에 가서는 "어머니 젖내를 맡고 싶은/ 콧구멍이 산다"(「섯알오름」)고 하면서 시름에 잠기기도 한다. 미군 부대 막사 구두장이 되어 한 트럭씩 들어오는 군화를 다루다

진폐증에 걸려 죽은 조카를 얘기할 때에도 제목은 「어떤 은총」으로 했다.

대체로 박미림 시인의 시는 위안의 시다. 시인의 따뜻한 마음씨가 느껴지는 시편이 많다. 이 땅의 시는 절대다수가 비극적인 세계관의 산물인 데 반해 박 시인의 시는 긍정의 시, 희망의 시다. 예를 든다.

> 그놈의 씨갑씨 장사가
> 알타리무를 김장 무라고 팔았던 게 틀림없지.
> 요 모냥새 좀 보게
> 이파리는 멀쩡해 가지구
> 뭣이 요로코럼 생기다 말은 겨?
>
> 청년 허벅지마냥
> 굵직굵직 실할 참에
> 쯧쯧쯧
> 망했네, 망했어.
>
> 마흔이 다되도록 장가 못 간
> 막내아들 보란 듯
> 무청 머리채 질끈 움켜잡고
> 흙을 턴다.

>
이만하믄 됐구만요
알타리무면 어쩌고
김장 무면 어쩐대요.

— 「무 농사」 전문

씨앗 장사가 싼 알타리무 씨를 비싼 김장 무 씨라고
판 모양이다. 수확하고 보니 청년 허벅지마냥 굵직굵직
실한 김장 무가 아니어서 누가 혀를 차면서 "망했네 망
했어"라고 말하자. 화자는 그렇게 말한 상대방을 "이만
하면 됐구만요" 하면서 달랜다. 이 시의 제일 재미있는
부분이 제3연이다. 마흔이 다 되도록 장가를 못 간 막
내아들이 있는데 무의 굵기가 무슨 상관이란 말인가.
세사細事에 일희일비하지 말자는 시인의 인생관이 투
영된 시가 아닌가 한다. 지금까지 시인은 하늘이 무너져
도 솟아날 구멍은 있다는 긍정적인 인생관으로 살아온
것이리라. 이런 시는 이 생각을 더욱 확실하게 해준다.

최저 시급 팔천 원
거미처럼 손가락이 길던 알바생
피아노를 치면 좋았겠다고
넌 왜 고래를 키우지 않느냐고
중얼거리지 말 것.

>
낮은 있지만
누구에게나 있는 건 아냐
밤은 있지만
누구에게나 있는 건 아냐.

— 「낮과 밤」 후반부

'고래를 키운다'는 것은 구피 키우기와는 차원이 다
르므로 원대한 희망과 포부를 말해주는 것이리라. 손가
락이 길어 피아노를 배웠으면 잘했으리 라는 주인(혹은
손님?)의 말에, 아르바이트 학생은 내 꿈은 고래를 키
우는 것이라고 마음속으로 중얼거렸을지도 모르겠다.
이 시의 주제를 구태여 속담에서 찾아본다면 '쥐구멍에
도 볕 들 날 있다'라고 해야 하지 않을까. 아무리 캄캄
한 밤일지라도 해 뜨는 시간은 예정되어 있고, 그런 차
원에서 보면 낮 또한 밤의 전조 증상에 불과하다. 때가
되면 아침놀이 뜨고 때가 되면 저녁놀이 번진다. 세상
은 순리대로 돌아가게 된다는 긍정적인 시각이 이런 시
를 쓰게 한 것이다.

박미림 시인은 초등학교 교사로서 신춘문예 동시 부
문에 당선되어 동시집도 낸 것으로 알고 있다. 이번에
내는 이 시집은 두 번째 시집이다. 동시도 쓰고 시도 쓰
는 일은 결코 쉬운 일이 아닐 것이다. 그에 대한 어려움

을 토로한 시가 있어 눈길을 끈다.

추억, 고독, 향수
- 시(詩)에서 이들은 사어(死語)지요
사망을 판정하는
노교수의 표정엔 물기가 없다.

사인(死因)도
생몰일도
장지도
설명하지 않는
이토록 불친절한 부고라니

사리가 있을 법도 한데
부도도 사리탑도 알려주지 않았다
나는 그 고행의 흔적을 거슬러간다.
—「열반」 전반부

시의 열반에 들고 싶은데 좀처럼 그런 시가 안 써진
다. 시를 써보겠다고 노 교수에게 보여드렸더니 시어를
몇 개 가려내 "시에서 이들은 사어지요"라고 말하고,
화자는 그 말을 듣고 그만 사망한다. 시 또한 퇴고의 여지가 없어 사망한다. 사망을 판정하는 노 교수의 표정엔 물기가 없다. 냉정하기가 저승사자 같다. 뭐라고 제대로 말도 안 해준다. 코치를 하면 그에 따라 고쳐볼 텐데 "사인도/ 생몰일도/ 장지도/ 설명하지 않은" 불친절한 부고다. 게다가 "사리가 있을 법도 한데", 즉 괜찮은 구절이 한두 개는 있을 법한데 그것도 말해주지 않는다. "부도도 사리탑도 알려주지 않았다"고 한다. 아아, 화자는 그 고행의 흔적을 거슬러간다. 동시를 쓸 때와는 또 다른 어려움을 절감하면서.

> 살아서 밥을 빌어주던
> 내 심상의 전부였던
> 말들의 어머니
> 철없는 시인은 그가 벗어둔
> 허물들만 자꾸 만지작거리다가
>
> 최초로 부음을 들은
> 석가의 제자처럼
> 무릎을 꿇고
> 시의 제단에 조등을 건다.
> ― 「열반」 후반부

어차피 고행의 수도승이 되기로 한 이상, 물러설 수는 없다. 남은 생을 무엇을 추구하고 갈망하며 살아갈 것인가. 시에 답이 나와 있다. "벗어둔/ 허물들만 자꾸 만지작거리다가" 마침내 "최초로 부음을 들은/ 석가의 제자처럼/ 무릎을 꿇고/ 시의 제단에 조등을 건다."는 것은 시 쓰기에 이제부터라도 몰입하겠다는 뜻으로 읽힌다. 앞으로 동시도 열심히 쓰겠지만 시를 더욱더 열심히 써 시의 열반에 들겠다고 자신에게 말한 시라고 본다. 이런 희망을 갖고 시 쓰기에 매진한다면 못 이룰 일이 무엇일까. 무서운(?) 각오로 시를 쓰겠다고 천명했으니 박미림 시인의 앞으로의 행보가 자못 기대가 된다.

박미림

1964년 충북 보은 출생. 2003년 시인, 2012년 수필가로 등단했으며 2016년
조선일보 신춘문예 동시 당선. 시집 『벚꽃의 혀』, 동시집 『숙제 안 한 날』, 수필
집 『꿈꾸는 자작나무』 등 출간. 현재 서울 재동초등학교 교사.

곰곰나루시인선 011

별들도 슬픈 날이 있다

초판 1쇄 인쇄 2020년 6월 25일
초판 1쇄 발행 2020년 7월 1일

지은이 박미림　　**펴낸이** 임현경
책임편집 홍민석　　**편집디자인** 육선민　　**유튜브 편집** 김선민

펴낸곳 곰곰나루
출판등록 제2019-000052호 (2019년 9월 24일)
주소 서울특별시 양천구 목동서로 221 굿모닝탑 201동 605호 (목동)
전화 02-2649-0609
팩스 02-798-1131
전자우편 merdian6304@naver.com

ISBN 979-11-968502-8-9

책값 9,600원